Xiron Poetry Club

中国先锋诗歌地图

天　津　卷

君儿主编

四川文艺出版社

歌画一幅详尽的地图。

首批出版这五本先锋诗歌选，除了因为这五个省市的诗人于《新世纪诗典》上已经展现了强劲的整体实力，还因为在这五个省市都能找到最合适的主编人选。我们这次邀请的五位主编分别是：西娃、西毒何殇、君儿、湘莲子和三个A。邀请他们担任主编，一方面是对他们诗歌创作实力、先锋审美趣味和公信力的信任，另一方面，也考虑到他们都是最近几年越来越被所谓的诗坛重视的新一代实力诗人，代表着更新的诗人群体和视野。我们不希望永远将选编的权力用按资排辈的方式交给有老资格的“著名者”。

确定选题和主编之后，我们很快建了一个微信工作群，明确了编选细则，各位主编迅速展开工作。沈浩波和伊沙作为本套丛书的策划者均不干涉各卷主编的编选工作，在选稿上充分信任五位主编，完全采取“主编负责制”。事实证明，这五位诗人都完美地完成了选编工作，他们不仅有能力发现好诗、推举好诗人，更有魄力拒绝伪诗；同时他们还展现出了与本人的性格高度吻合的选稿特点。西娃的耿直、西毒何殇的严谨、君儿的稳重、湘莲子的认真、三个A的细致，他们五位的品格守住了这套诗集的价值标准：不以过往名气看待诗人，只凭近十年持续的创作；重视年轻诗人，广泛发掘新人的佳作；不固守某种单一的诗歌美学，在确保先锋性的前提下，博采众长。

“重塑先锋精神，为中国当代诗歌绘制崭新地图”，是我们出版这套诗集的初衷，这里所指的“先锋性”，除了这个词所特有的前沿、创新含义之外，我们还想扩大它的外延，将真诚、扎实作为我们考量和评价诗歌的标准。相对于空泛的抒情和叙述，我们提倡言之有物、带着生命温度的写作，我们期待在每一首入选的诗作中听到真实的人的心跳；相对于水分过大的词语堆积，我们提倡言之凿凿、精准的写作；相对于含混不清的故弄玄虚，我们提倡结结实实的诗意。总之，“先锋”不只是一种姿态或标签，它是一个不断变化和生长的概念，它更指诗人在自我的写作领地之上与个人生活短兵相接的气魄，指一种能将自己的生命、生活、人生与诗歌创作焊接在一起的能力。

经过近半年的组稿和选稿，2017年春节之后，各位主编陆续如约交稿。在上述组稿逻辑下，各位主编也有各自的编选方法。西娃一共阅读了一千多首诗，她说除却诗歌的先锋性，她选择诗歌的另外几个标准是：文本个性、好读、经得起读；西毒何殇交来的稿件质量最为整齐干净，他在对外公布的约稿函里写道，他所主编的陕西卷“与名气大小无关，与世俗身份无关，无题材限制，无风格限制……”，他还表示为强调公平性，他要求诗人们在投稿时不要发个人简介和照片；君儿则以“葵”同人群体为坐标，同时关注天津其他诗人的整体写作，将她所关注的先锋的、决绝的现代诗写作者都纳入到她的编选视野里；湘莲子希望读者能从广东诗人的作品中感受到“广东制造”这个坚硬的词语所包含的体温、脉搏和呼吸，这正和我们试图以诗歌为眼，探求地域文化内部的结构相契合；三个A想通过他的努力，选出一本能让人常读常新、经得起时间检验的诗集，他把很多充满生命能量的广西诗人推荐到我们的视野里，让我们对广西诗歌的写作生态有了更清晰的认知。

在五位主编选定书稿之后，“磨铁读诗会”编辑部在充分尊重主编的前提下，做了两轮编辑工作，第一轮是一首诗一首诗地过稿子，筛选出其中作品质量偏弱的篇目，建议主编删除或者替换。在经过各卷主编同意后，我们也整体删去了个别几位诗人的作品，因为就诗论诗，有些作品无法放进“先锋诗歌”这个范畴内讨论。

第二轮工作比较重要，那就是我们对每本诗集都做了章节分布整理。之前的工作完成了“选”诗，这一步工作才算是真正的“编排”，使每一本诗集都呈现为有特点、有立场的诗集。最先我们试图按诗人的出生年代来分辑，比如把60后诗人放在一起、把70后诗人放在一起，但很快就发现那种排法无形中掩没了很多诗人的特色，不足以突出最好、最有创作实力的诗人。最后，沈浩波建议我们使用现在的编排方法，即第一辑为我们特别推荐的诗人作品，以新世纪以来出现的80后、90后诗人为主，但也不完全局限于年轻诗人，更是以他们的作品是否给我们带来全新的感受为依据，因此部分从年龄来看并不年轻，但其诗歌却具备新意的诗人也得以进入本辑。另外也因为这些诗人为我们展现了“先锋性”在各个向度上的范式。在这一标准下，五本诗集的第一辑重点推荐诗人分别是——北京卷：莫小邪、吴雨伦、鬼鬼、里所、易小倩；陕西卷：艾蒿、第广龙、刘天雨、左右；天津卷：闫永敏、奂孚、马国语、张甫秋；广东卷：苇欢、卓仓果羌、杨叉、许立志、旻旻、阮雪芳；广西卷：刚子、蓝敏妮、荷说、蒋彩云。其中的大部分诗人为此前并不“著名”的80后和90后诗人，但他们却展现着中国当代先锋诗歌新的生机。

除了第一辑是在上述原则下进行编选的，每卷诗集的编排和分辑的逻辑均略有不同，有些是按美学倾向，个别是按出生年代，但只要读者仔细区分，还是可以看出我们在篇章分布上的用心，那就是希望比较客观和立体地呈现新世纪以来，这五个省市先锋诗人创作的不同风貌和可能性。另外特别要指出的是，我们在北京卷的最后设置了第五辑，特别推荐了已经八十岁高龄，但新世纪以来仍然不断写出重要作品的任洪渊先生，以此表达我们对他的敬意。

在北京卷、陕西卷、天津卷、广东卷、广西卷之后，新世纪以来的《中国先锋诗歌地图》会陆续推出其他省市的专属诗集，当然这还有待于各种时机的成熟，比如该省市的先锋诗歌整体写作实力是否足以支撑一本诗集，以及能否出现一个足以担当主编重任的诗人。这不是一件能够一蹴而就的工作，“磨铁读诗会”有足够的耐心，我们愿意做中国当代先锋诗歌的守护者和推进者，关照深广的社会现实，体察幽微的人性秘密，为中国的当代先锋诗歌，不断绘制崭新而精确的地图。

2017年6月20日

编选序言

君　儿

七年前
在青海湖国际诗歌节期间
有天早晨
在青海宾馆西餐厅
吃早餐的时候
我和二十多年前
在长安接待过的两位
台湾老诗人坐一桌
时间过得真快
转眼他们已成八十老翁
其中一个兴奋地说：
“今早醒来
我还有晨勃呢！”
我觉得老人家太可爱了
就说：“您应该把它写成诗。”

他顿时收敛了所有的可爱
一脸严肃道："这怎么可以写？！"
七年过去了
我在新诗百年祭时想起他来
我想说：
这是新诗百年抑或
华夏一族的局限
口语诗抑或
先锋诗人除外

——伊沙《新诗百年祭》

3月9日，伊沙在新浪微博上贴出《新诗百年祭，先锋见行动》，公布了"新世纪中国先锋诗歌地图编辑出版计划"，总策划是伊沙、沈浩波，并由我负责天津卷的编选。我的第一反应是心中一凛，知大任来袭；第二反应是觉得天津有更合适的人选。但问过伊沙，伊沙的回答斩钉截铁，就是你！好吧，尽我所能！

当中国新诗走过百年，各路出于种种策略的平庸选本和学院、泛学院"理论"纷纷出笼之际，自20世纪70年代后期开始，暗流潜伏、先锋涌注，经过朦胧诗、后朦胧诗、第三代诗歌运动，尤其是进入新世纪以来，以80年代开始于坚、韩东、杨黎，20世纪90年代以降伊沙、徐江、侯马、唐欣、宋晓贤、李伟、贾薇，进入新世纪后沈浩波、马非、朱剑、南人等现代诗人为鲜明标杆的口语诗创作、加上上述各个代际的杰出诗人，他们才是汉语现代诗歌真正鲜活、生动的有效在场，也才是中国汉语诗歌的真魂真气与真格所在！如果没有这一路诗人与诗歌，在荒芜中先遣军一样披荆斩棘的开拓，并不断吸引着后来者的加入，真不知道这个煌煌几千年的诗歌大国可以当堂呈供上几份满意的诗歌答卷！所以，这套“中国先锋诗歌地图”丛书的出现适逢其时，是在“新世纪诗典”平台上再度聚焦“先锋”指数的一次壮举。

天津是九河下梢，天子津渡，曾以漕运码头、连接内河与海洋的港口、大沽口保卫战、洋务运动、租界地和小洋楼闻名于世。它曾经是一个得天独厚的避难所与现代民族产业策源地，进则有开现代社会风气之先的“九河十八弯”的市井和与之毗邻的广阔腹地，出则有连通外面世界的天津港航道，一个多世纪以来，多少显赫一时的名字都曾与此地关联。而在现代先锋诗人眼中，真正让这座六百多年的城市继续发光发热且在文学中占一席之地的，恐怕还得看它的诗歌。这是一座现代诗写作的重镇，也是1991年就通过一两位先锋诗人之手创办了中国最早的现代诗纸质印刷刊物之一——《葵》的城市。进入21世纪第一个十年之际，又有了“葵之怒放诗歌节”，一批先锋诗人每月一聚，朗诵评读诗歌，以现代诗写作相砥砺，而各自精进，蔚然成为此城难得而珍贵的一景。

诗人徐江是天津当代诗歌中的灵魂人物，他行走在中国汉语现代诗创作与理论的最前沿，几乎以一己之力推动着天津诗歌的发展，令这座气息斑驳的城市在最近二十年来，始终葆有先锋与现代的文学锐志。他贡献给了中国诗坛一部匠心独具、百味杂陈的《杂事诗》长卷和一系列精微入神的口语现代诗，同时还在营造着两部试图与人类文明和东西方经典对话的诗著——《圣殿》和《诸子纪》。

女诗人图雅，在2006年前后成为《葵》诗刊同人，开始现代诗歌创作。十年过去，她已经成为中国当代辨识度很高且先锋性很强的女诗人。图雅以不惑之后的年纪，在先锋诗歌之路上越战越勇，宛如一位冲锋陷阵的女战士。记得刚认识图雅时，她还说诗歌只是她的“副”业，她的主业还是相夫教子！但当她的写作深入到今天这个程度时，如果再让她舍弃诗歌创作，恐怕会让她有丢了命的感觉。她已经成为一名用生命在写作的杰出诗人。

李伟是天津最早进行口语现代诗创作的诗人。他的诗集《牛仔上衣》曾读得我捧腹大笑。这是一个总能带给大家惊喜乃至惊奇的家伙，他诗歌中的幽默和智性正是诗歌现代性的重要质素。他还是一个不换手机、不用微信、不与人互动的顽固派，所有诗选、诗歌活动的信息往往需要徐江、图雅帮转！世外高人？！甘于寂寞？！在憋好诗？我不信，估计李伟也不信。当他的诗歌越来越有某种超现实主义下的经典感时，那些之前曾经深深打动我的生动幽默的现代诗质感仿佛正在消退。那就拭目以待，看看这位曾以《章子怡漂亮不漂亮》名动中国诗坛的诗人未来会给我们带来什么吧。

诗人康蚂是当代诗歌名作《秃鹫》的作者，并一度以笔下的亲情诗令人动容。但他当然不肯止步于此，而是不断开掘出新的可能与空间。他既写诗，也写小说，饮着啤酒，哄着幼儿，读着佛经，干着烦人的工作。一个多面手，一位蒙古人，当他用全部青春岁月扛过异乡的流浪与生存之难之痛，诗歌必然越来越复杂。

闫永敏是有了“新世纪诗典”这个现代诗平台后才“出现”的诗人，被伊沙从众多投稿者中发现，并成为《葵》诗刊的一位年轻同人。这位中文系研究生的网名是李八牌，到现在都有人不解何为“八牌”，通过“葵之怒放诗歌节”，我们知道这是她河北老家村落的名字。永敏是“葵”同人中可爱的小妹妹，她人如其诗，诗亦如其人，写得聪明、轻盈、灵气四溢，我手写我口，怎么鲜活怎么写，淳朴自然，毫无雕琢。

而另一位80后女诗人张甫秋，出身于现代诗之名门北师大，写着别具一格的现代城市诗歌，细腻而凌厉。张甫秋、闫永敏以及另一位通过“新世纪诗典”平台涌现出来的诗人阿文，是天津这座城市最年轻的现代力量。

诗人及批评家马知遥是从山东移居天津的。我注意到他给我的简历中有一句话——“业余从事诗歌、散文、小说创作”，是这个原因吗？知遥诗歌的先锋性不是特别突出。算起来知遥还是我山东大学的“师弟”，他在学术上成就颇高，只是这个“业余写诗”让人看着有点别扭。在我的“执念”里，不能把诗当命来看、当命来写的诗人，做不成一流的诗人。期待知遥在不断突破中找到那个勇往直前、当仁不让的诗者本我。

邢非是我私心偏爱的诗人，也许是他诗中有某种难以言传之“妙”和“有”，有让我痴迷的达观与自足。只是邢非“出镜率”似乎越来越少，人不出镜可以，诗还是要常在弦上才行。

诗人魏风华、奂孚、封原等，都是21世纪头十年天津的重要诗人，创作过灿烂的现代诗文本。但最近几年似乎有些沉寂，新作几无所闻。但愿这部诗选的出版能促动他们创作出更新、更好的作品。

最后想说的是，这必将是一部“偏执”的诗选，因为作为主编的我的“偏执”——从1998年写诗到2001年初进入“诗江湖”等诗歌网站，我接触的差不多全是口语现代诗。2005年成为“葵”同人后，更是自觉地与真正的现代诗人互相警策，与外界的接触少之又少，选择了一种与普泛诗坛的疏离状态。如此，“葵”这个发源于天津的现代诗歌平台自然就成为我选取诗歌的一个价值坐标。

有不少天津诗人，其中不乏知名度很高的老诗人和或许我还无缘认识到的年轻诗人，都未能入选我主编的这本先锋诗选，但好在这个信息爆炸和网络自由发表的时代，没有人会是真正的被遮蔽者。更何况，按照现行的“文坛”运作规律，作品一向被有意无意遮蔽甚至全然登不了“大雅之堂”与各种各样“年度选本”的诗人，正是我所热爱的这些民间的、先锋的、决绝的现代诗写作者。

目录

第三辑 / 我决定爱冰岛

第一辑 ╱ 心碎得像饺子馅儿

闫永敏

生于1983年，籍贯河北，现居天津，“葵”同人。有作品入选《新世纪诗典》《中国口语诗选》《1991年以来的中国诗歌》。

来去自如

在路两边相对的位置
一边是保育院
一边是殡仪站
有人往东走，有人向西去
你在天上飞翔
他在地下游荡
我只想说来就来，说走就走

五奶奶打麻将时说

我今天赶集回来，
看见姗姗在麦地边上哭。
我问她，你哭啥呢？
她不说，我又问一遍。
我知道她在哭她奶奶，
哭得真可怜！
应该把她奶奶埋远点儿！

在长城上吃什么

我明天去北京看长城
我兴冲冲地对同事说

你最好带些吃的
长城上的东西不便宜

我带馒头
和咸菜

你一定要在长城上
丢人吗

我开玩笑的
我带牛奶和面包

防不胜防

在梦里接到朋友的电话
问我的身高
我说一米五四
他叹了一口气：太矮了
我本来想推荐你去当模特

我

梦见我是个老太太
牙齿全掉了
戴假牙
每天睡前我把假牙摘下来
半夜喝水时戴上
喝完了再摘下

心碎得像饺子馅儿

她又说她的那些事
我听得昏昏欲睡
当她说出从未说过的
“心碎得像饺子馅儿”
我一下子来了精神
称赞她说得有趣
但她更难过了

徐姐

与我合租的徐姐
是单身母亲
她为了多挣钱
在洗衣店找了送衣服的兼职
有时她忙不过来
就让我帮忙
她说给我做好吃的
第二天早上
她用白水煮面条
但放了荷包蛋
味道寡
我在自己碗里加了甜面酱
她吃完又去送衣服

有时我会看见命运的走向

我给我的影子拍照
我选了一块空地
我在空地上选了几个位置
在几个位置上摆了几个姿势
给这几个姿势拍了照片
最后选了一张最满意的
可我忽然发现
我的心脏
正好贴在一块裂纹斑斑的地砖上

别人家的家属

祖母住院时
最不想看到的人是祖父
我们劝祖父别到医院来
祖父不听
他为了不让祖母看到他
就坐到其他病床旁边
常常被当作别人家的家属

我来自土粒

他们又在谈论农村
和农村人
他们
不是直接来自那里的人
我是
我听着他们谈论
不能开口
我一开口
就会吐出土粒

奂　孚

生于1979年，天津人。现就职于天津滨海新区开发区某企业。2000年开始诗歌创作，少量作品见于《葵》《被遗忘的经典诗歌》《人民文学》等。

巴西

即便是这里的冬天
大地泛黄　枯草自燃
树冠依旧硕大
根茎依然深扎大地
低下头仍能拾到
一颗漂亮的种子
捏在手里　想送给你

还有云在天边翻滚

那是比海洋还壮阔的事物
鹰在穹顶的云下盘旋　那么高
那么自由
只剩一个小黑点

在巴西的Jaguaruina
即便是冬天
也能躺在草地上
看一整天太阳

在美的知觉中我意识到
南美洲的落日
其实是为北半球的你升起

What a Wonderful World

世界多美好
火柴燃亮暗夜的一瞬
草原上空布满银色的碎屑

世界多美好
马鬃在清风中徐徐抖动
梦里一片石榴红

世界多美好　世界多美好
溪流奔涌流向太平洋

世界多美好
一只老年屎壳郎
靠着粪球
睡着了

暴风雪侵袭加利福尼亚

电视里
是飞机上拍摄的情景
森林被白雪覆盖
公路变成
一条灰色的线
镜头切换
美国人民在清理
自家的庭院
甚至还有
一个漂亮的大雪人
出现在画面里
让我感觉
暴风雪后的加州
是个纯洁的地方
美国
是一个
纯洁的国家

灵岩山寺

傍晚才到达
游客寥寥
寺院已经关门
跟售票员攀谈几句
他听出了我是北方人
并说　山上再无其他
景点可游
向他道谢
他答阿弥陀佛
后来我又
继续往山上走
沿途看见
几个年轻的和尚
握着铁锹
有说有笑
其中一个
还穿着白色T恤
面对山下的大片平原
他们正欲把一个土坡铲平

鸟人

入冬后第一次
降温的那天晚上
风吹冷夜
养鸽子的邻居大爷
在电梯里告诉我
“带毛儿的
不会冷”
彼时的我
正穿着一件新买的
羽绒服
电梯开门的一瞬
我有点走神

那些褪去羽毛的鸟
一定在这个世界的另一些地方

马国语

1953年10月生于天津。1976年开始在《天津文学》《天津日报》发表诗歌，兼写散文。作品见诸多种文学杂志及报纸。著有诗集《北方城市的情歌》《玫瑰梦》。

一般疑问句

驯鹰的人
面目会越来越像鹰
养虎的人
神情会越来越像虎
教人的人
心肠会越来越像人吗

惊悚

他整理草坪时
必得戴帽子围毛巾
说是怕鹰掠过草坪时
突然抓他一下
他知道鹰是冲着松鼠
野兔小鸟们来的
还冲着他恐惧的蛇
蛇令他惊悚
鹰令他惊悚
他说这两种惊悚都美
他因此没了脾气

索尔
——美国电视剧《国土安全》观后

索尔说——
（大意如此）
当间谍
可不只是躲在暗处
坐等敌人来撞枪口
他要在黑暗中
拨开荆　砍掉棘
没有准确的情报
甚至没有
值得依赖的搭档
索尔说得极是
诗人在寻找缪斯时
也如此

相面

一张冷峻的面孔
似乎带有几分怅惘
赵老先生以为
那张面孔不是
一般人的
他说你看，那上面
充满了筑成之后
又想拆除的欲望

疯子

在梦里，我看见
故去的父亲
只一小会儿
他就不见了
我疯了似的呼唤
忽听人悄声说
她是诗人吧
我哭了
泪流满面
他们太轻佻
他们为何不把我
当成疯子

张甫秋

1986年生于天津，毕业于北京师范大学。曾担任多家品牌的高级文案，新媒体编辑，现供职于某互联网公司。作品被选入《新世纪诗典》《葵》《中国口语诗选》《1991年以来的中国诗歌》《特区文学》《路灯》《诗歌月刊》《群文》《人民文学》（海外版）等。

性感

很多人告诉我
“你是个妖精”
我想，问题
出在
做过激光矫正手术的
眼睛

等天使飞过

我知道深夜
打开单机游戏，的感觉
我知道深夜
抚摩半干衬衫，的感觉
我知道深夜
捧接掺沙自来水，的感觉
我知道深夜
贴靠余热暖气管，的感觉
我知道深夜
提拉下坠睡裤，的感觉
我知道深夜
干嚼全麦面包，的感觉
我知道深夜
手握冰凉双脚，的感觉

送葬者

逝者自己抬着纸花圈
走在送葬队伍最前面
回头说
别送了，我走了
别哭了，我听够了
别烧了，我用不着
别吹了，我不认识你们

白幡跟着人头飘了又飘
它送自己
也顺便送一程
他们

不止一次看见

接近天籁

朋友去西藏说
牦牛肉干九十四元人民币每袋
朋友没舍得给
我买
我说不买就不买吧
留着那些牛那些羊
那些不牛不羊的
好好在山上吃草
没事的时候
往下看看

我的诗

我怀孕了
我生产了
我有了好多孩子
好多丑孩子
好多丑到我不忍心
再看他们一眼
任他们在角落孤寂地哭
撒泼地哭，无声地哭
哭到心软

一个女诗人谈另一个女诗人

她总是
噔噔！噔噔跑到教室
咚！把书包一放
唰唰！开始写
我永远都不知道
她写的是啥

台湾地震时

正是一年的春节
我发送
“还好吗”的信息
对方无应答
已经过了四天
我才开始回忆
这个认识八年的朋友
面对茫茫的信息海
我竟然无从搜索
相关遇难名单
其实我根本不知道
他的名字或者
他住在高雄还是台南

别插嘴，让我自个儿说

我喜欢分辨
一支曲子里
不同的器乐声音
就像是在捉拿
每根手指
间
溜走的一粒粒
细盐

我快快活活地做上帝

一个休息日的下午
雪后的风吹着窗户
声音不是很大
楼下垃圾站里的
玻璃瓶被扔得直响
汽车还不时路过
野猫苟合的矮墙
冰箱也开始轰鸣地
向我说
“看！照在白墙上的余晖
就是落日里的光”

到了11点45分（节选）

到了11点45分
一阵秋天的风吹过
顺着风的方向飞来四五只麻雀
是它们借势而起
还是鸟根本就弱不禁风

到了11点45分
秋天的风和光
让我误会遐想
荒原就在身旁
阵阵人声提醒我
那只是一个菜市场

到了11点45分
樟木箱子上放着碟机
碟机里有CD
CD里住着小人
小人就在这里的隔壁
隔壁拿着电锯电钻
拉甫秋的大提琴

到了11点45分
小吃店旁的幼儿园放学了
一群幼嫩的声音高喊
“大大，大大，大大”
老板笑得
就像今日的阳光一样

到了11点45分
墙头上的野猫
伸着瘦长的腰纷纷出动
寻找昨夜人类丢弃的残羹
我会心生些羡慕
想，我也是
他们中孤独的一只

到了11点45分
微黄、半黄、黄澄澄、枯黄黄的
落叶撒了一地
你要认为那是金箔
就还真是有点可笑

到了11点45分
这时候没有风

轻柔的卫生纸屑
自己翻滚地转了几圈
我刚好路过

到了11点45分
社交网络上纷纷晒出雪景

第二辑 / 查一查这个圣诞老人

徐　江

诗人、作家、文化批评家，生于1967年。1991年创办著名诗歌选本《葵》。著有诗集《杂事诗》《杂事与花火》《我斜视》等六种，诗学论著《这就是诗》《现代诗物语》，文化史《启蒙年代的秋千》等。主编有跨世纪诗选《1991年以来的中国诗歌》。

岳母的病房

老岳母病房的一位老先生急性发作
护士医生紧张抢救、起搏，终告失败
不幸去世
这在岳母对女儿们的讲述中成了
“他们把那老头儿给摁死了”

柯索

二十岁我读他
二十一岁我再读
今年
我三十六

许多事都不一样了
许多清澈
正在我眼里浑浊
许多浑浊
我能看到它清澈
救火车每天在街上
咬报纸

以下感受一直是不变的——

我信有天使在我的屋顶上飞翔

布鲁塞尔挽歌

机场关闭
航班取消
鸽子在欧洲的胸腔碎裂
安检走过来
捏我的口袋
他捏到润喉糖
这农家出身
脸上长痘的小伙
神情严峻
上回是一个肤色白净的姑娘
一面和同行嬉戏
一面认真捏一下每个乘客的裤管
劲道之足
就像她曾经发过誓
要借某一两次的不经意
去捏碎那些
运气不好的睾丸

这是在天津
我居住的城市

如果需要
你当然可以换成
你住的休斯敦约翰内斯堡
只是大脑的沟回不变
里面液体在惊跑
窗外是枪声、巨响
平时在影院见识
此刻它们是真的
就像在回应几个月前
蘑菇云在塘沽升起
楼群震动
浓烟把阳台
朝向人马座的
望远镜筒吞噬

肉体膨化
你不见的那些羽毛
猝然四散扬起
流亡的毛发射向马路对面
它们跟碎砖、尘土比赛
看谁能更快陨落回宁寂
这么快就不是新闻了
电视在滚动播出

新一轮真人秀
把视线推向新的惊讶
新的失落
新的疲惫的一天
所有城市的路沉沉睡去
它们不再醒来
醒来的是道路的婴儿
天天如此
只有想象中的睾丸
继续被残忍地嬉闹着捏动
有的脸蒙着黑色丝巾
有的手臂戴着红色袖标

布鲁塞尔的黑烟与警铃
同时升起
伟大的梅格雷探长
没有人能惊起
他书里的长眠
要是谁能叫下他就好了
哪怕那个儿童雕塑
从基座上走下来
掏出小小的阴茎
对准探长的脸

好了
不管罪犯来自中东还是纽约
疲惫的侦探醒来
他在小说里
替我们解决

快没有报纸了
布鲁塞尔国际机场
双流国际机场
快没有出租车了
布鲁塞尔大广场
俄罗斯红场
天安门
快没有行人了
布鲁塞尔地铁
黄浦江外滩
深圳的世界之窗
就要无路可逃
布鲁塞尔中央车站
河内法租界街心公园
兰州黄河大桥
就快要没有人能够
在阳光和阴影的交接地带

幸福地孤独死去
布鲁塞尔圣米歇尔和圣古都勒大教堂
天津老西开教堂
哈尔滨圣索菲亚大教堂
救火车在往天上疯开
它说它看见了那些鬼
他们一直在赢

现在
让我跟无数个我
对遥远和身边的布鲁塞尔一起说
我们活着
无数次看见倒塌
我们不停重建

为痛风的恐惧而作

痛风就是
从此跟好吃的告别
稍不注意就要坐上轮椅
早早扮演孔明先生

所以
别了，螃蟹
别了，带鱼
三文鱼
黄花鱼
大虾
(包括小河虾)

别了，扇贝
生蚝
麻蛤
青蛤
别了，蘑菇
各种蘑菇
毒蘑菇

（虽然从来不吃
但也还是一起别了）

别了，羊肉泡
牛肉面
肉汤
鸡汤
麻婆豆腐
菠菜
以及并不好吃的菜花

别了，喜力啤酒
百威、嘉士伯
雪花，自酿黑啤
以及一应纯生
别了，龙井
碧螺春

别了，内脏、骨髓
所有的海味
鸭、鹅、鸽
别了，绍兴酒
别了，鱿鱼、芦笋

挚爱的咖啡
哪怕没有“蓝山”
也请你还给我
别了，伟大的
过量食用的那一部分盐

别了，为所欲为的欢乐
而此刻，另一种为所欲为
在我大脑的原野上展开
那些威武的队列
在阳光下盔甲鲜明
它们都是吃的呀
现在你看
它们在阵地前
起劲地对我挑衅
然后潮水般退却
抛下可怜的战利品
一两根圣洁的海带

月梦

我梦见过蓬莱
在贼月下临风
看云雾蒸腾的对面
琼楼里人影一闪
那是苏轼吗
还是李白

我随即忘了这个疑惑
——风大起来
吹得身上更凉了
但月白和夜蓝
融在一起的那道光
很快比身上的凉
更深地吸引住了
我这个恐高症患者

今夕逢此梦
我欲长醉不愿醒

通往胸科医院食堂的过道

砖混老楼
常年掩映在它自身的阴影下
此刻冰冷
盛夏它是凉爽的
站在狭窄的过道
越过昏暗的两层楼
向上眺望
光一点点从更高处射下来
顺着墙壁爬上去
就有一点希望
像凡·高《囚犯放风》的画
和讲述纳粹时代
南欧游击队的老电影
地下工作者
在过道里窜来窜去
有的倒下
有的踱远
把自己和时间变成影子
渗进墙
我想说

你必然随时缅怀并记住
绝望里
那一丝迷人的光

星期三午后一点零五分

这么好的阳光
这么撩人的微风
这么一个靠近西面和南面的采光房间
如果是平时
如果屋子里住的是一个画家
那么他或许就会干点什么吧
比如从熟睡的模特儿身边起身
奔向窗台
随便抄起一支笔
飞快往画布上
画了一双拐

秋分

这是一年中
奇特的日子
秋天分开了岔路
一条向着过去
一条通往未来
一年把剩下的五分之二
递到猫、狗、人
递到树和草
云和烟、水和风……
万物的
嘴边

半首朗诵诗

在黄昏临近时
写一首模仿之诗
夕阳下的空气温暖
天地昏黄宛如
沙尘暴驾临金秋
我忘了我声音的原样
和第一个召唤我的声音
所有第二位第三位的声音

现在请让我喝一口水开始说
艾略特是伟大的因为他
辨认着戒律且呼吁遵守它
金斯堡是伟大的因为他藐视戒律
并对另外一些不成形的戒律卑躬屈膝
同时歌颂了手淫和母亲
布考斯基是伟大的因为他更粗鄙
并从这里出发走向了真正的高贵

王维是伟大的因为他没有比陶渊明更加伟大
李白因为杜甫的崇拜而伟大

杜甫伟大因为在漫长的岁月里一度没什么人
　选他的诗还想把他从唐朝驱逐出去
李商隐是伟大的因为他朴实地
把《锦瑟》放在了诗集的第一首
屈原是伟大的因为我们吃着粽子而顾不上
他的委屈和诗
苏东坡伟大是因为他的啸他的傲他的铁砧把句子敲出
　银质的润泽还有街边那些酒楼附会的红烧肉

普希金伟大因为他歧视自己的阶级而且让一些
仇恨这种歧视的中国人厚颜无耻地崇拜
歌德是伟大的因为他老奸巨猾小心翼翼在泥流中
没有弄脏自己贴身的内衣他的诗心
聂鲁达是伟大的因为他多变幼稚却没有像马雅可夫
　斯基那样
死在独裁者的阵营里他为自己选对了死
鲁勃佐夫是伟大的歌手没有死于酒但死于老婆的擀面杖
他让一阕抒情变得雄浑粗壮起来
雅姆艾吕雅普雷维尔是伟大的他们曾让我初近诗歌
　的天空
充满了金子一样富足的华彩

帕拉索雷斯库是伟大的因为他们是另外的伊沙

傅立特是伟大的因为他平静口语更嚣张和挑衅
策兰是伟大的因为他让北岛和家新吵
其实他可能比他们吵得还要略微伟大
但这不等于说他就比巴赫曼汉特克高级
诗歌史是伟大的因为同样伟大的名字你不可能数清
而且那些伟大的私生子还在源源不断地生出来
诗人也只能是语言的私生子
他们像卡通片里的宝宝让观众看着别扭但看看也就
　习惯了
更伟大的是诗歌虽然高高在上它却只是文字的一部分
文明的一小角智慧和昏聩的寄居壳

你不会一下子看到花甚至有人死上八辈子也照样看
　不到
我说的是他们这些人这些世界只要他们还有一天心
　无和谐

想象（Imagine）

想象没有天堂
如果你试的话这会很容易

想象他们没丢掉一切
初衷　坚信　新鲜
在这个夏天或那个春天之前

想象美好时光从不趋于微黯
我一直在你里面

想象小熊微笑
海豚在深海依偎母亲
想象铁匠学会打造镣铐的那个雨天

想象杯子
清澈与肮脏一念之间

想象地狱
尽管它在你心里没有　但想想
想想审判铃突起的某个瞬间

拿掉所有合唱里的高音
擦掉每一只镜片上的水渍

浑浊的泪让我们干净
我也说这从不是孤立无援
举手投足　时空浩瀚

你可以选择不加入这个行列
如果试　这会很容易

但你心底的哭泣我能听见
它和我的并无不同
所以我说还是相信想象吧

相信夜幕下奔跑的善良
因为完美的世界终会出现在你我眼前

君　儿

1968年生于天津，山东大学中文系毕业。“新世纪诗典”第五届“李白诗歌奖”金诗奖得主，“葵”同人，“长安诗歌节”唐名人堂成员。著有诗集《沉默于喧哗的世界》《大海与花园》《灵魂的颜色》《歌钟》《飞越太平洋的鸟》《热爱让我拥抱了它们的名字》《色与空》（中韩对照）七种。有诗作被翻译为英、德、韩等外文。

怀念

让我这个坐在屋子里的人
懂得怀念
怀念陌生的事物
它们在远方
已灿烂了两万年
这沉默的两万年里

你来过
又飘走
让我的经书上
画满桃花
好让异代相逢的人
有馨香可嗅
唵嘛呢叭咪吽
让我转动的经筒飞舞

色与空

儿子　我没想到
我曾遭逢的尴尬
你也要重新遭逢一回
比如肤色
我们竟成了介于
黑人与黄种人之间的
又一物类
在非洲显得白
在亚洲显得黑
如果我们为此骄傲
其实又有什么不可以

歌钟

头发越掉越少
我想好了
等到“全裸”时
就去买个假头套
买个十八岁姑娘的外表
去大街上招摇过市
去陌生的远方开辟梦想
让假头套替我逍遥快乐
让假头套替我神魂颠倒
让假头套替我去挣钞票
让假头套替我应付填表
而真的我
秘密坚守一个秃女的谦卑与骄傲
身体变轻　灵魂出窍
那是我的血由红变黑
那是我的繁华在体内葳蕤

给不在世的姐姐算命

姐姐
以前我用书
现在我用电脑
给你算命
给一个不在世的人
算命
这有多荒谬
你得了46分
我得了58分
我们姐妹都没及格
12分之差
你赴黄泉
我仍在尘世上
懒惰　梦寐　挣扎
姐姐
屏幕雪白
看不到你的音容
你现在的世界
是什么样的
如果也是60分

才算及格
那我们姐妹的同病相怜
要持续到第几次
轮回
第几又几分之几世
以后

针织厂

上到初中二年级的时候
母亲派父亲去乡中接我
直接把我拉到村办针织厂上班

答应我的一个条件是
如果姐姐考不上大学
由她顶替我到工厂上班

而我可以继续上学
也就是说我们姐妹只能有一个
可以读书

命运薄待了姐姐却厚待了我
姐姐几分之差落榜而我重回校门
以后是我赴山东济南读书

姐姐上班　结婚
孩子死胎　她死于农药中毒
自己对自己下手

饭桌上第N次提起往事
觉悟了的母亲说你们还不是最惨的
是啊　最惨的早已灰飞烟灭

八十年代

那年
我被突然倒塌的猪圈
埋在了里面
确切说是猪圈的
一面墙
父亲将我救出
记得当时脸上起了一层
难看的疙瘩
很长时间下不去
从此知道了被活埋
的滋味是什么
哦　对了
全部的猪安然无恙

三个基督徒到医院探望一个病友兄弟

围着病床
他们祷告
每人一段
各不相同

然后他们唱歌
这次曲调一样
内容相同
结尾都呼阿门

他们的病友兄弟
得了帕金森病
坐在白床单上
整个过程只是不停摇头

海棠花开

海棠花开了
在楼前的院子里
不多不少　十五棵
全部盛放
隔壁人家装修的电钻声声
而它们悠闲　自在
一年一度
摇摆在春风中
它们的后方有一株无花果树
它们的前方有几棵白蜡
而它们的前世
这人怎么可能知道

每年海棠开时
就是我该得病的时候了
一个冬天积累的火
化为嘴唇口内喉咙里的溃烂
一个肿着一边脸的女人
对着越开越好看的花
自惭形秽

但这不也是另外一种
——恩遇和感怀
哦亲爱的　这煽情里面
其实有多少苍茫之感

说话间一只麻雀来了
停在它的上面
一片夕阳的光来了
停在它的上面
它们水乳交融我却在这一刻
生出那么一点忌妒　对美还是
对流逝　对初始的洪荒
还是对生命的无望
嘿宇宙　我是你无边无际中的一只小鸟
我吟着我的谢意
它们也是风中那一枝枝海棠

在太平洋洗脚

太平洋绿色的海水
洗着我的脚心
有乳房有男性器官的姑娘们
在睡觉
我的祖国离此两个多小时机程
我的家在被污染的大陆北部海域
它们每一滴水都渴望汇入
镜子一样的太平洋
像我一样

热爱让我拥抱了它们的名字

我在乡下老家有几棵树
我在城里楼中有几本书
我曾以为生命就是日夜不息起床睡觉
但它们告诉我奇迹就是那小鸟飞腾

我在远方有几个朋友
我在心中有一个渴望
我曾以为今生今世没什么可留给光阴
但它们告诉我一念专注就是永恒

我在电脑中有几卷诗
我在头脑里有一堆词
我曾以为它们是世上最难的数学
但热爱让我拥抱了它们的名字

图　雅

生于1964年。代表作《母亲在我腹中》被“新世纪诗典”三周年推选为21世纪之初（2000—2014）中文现代诗百优。2014年获天津市和平区“先锋文学奖”、“新世纪诗典·李白诗歌奖”点评奖和“谷熟来禽诗歌节·猛禽诗歌奖”，2015年获第四届“葵之怒放诗歌节”纪念奖。著有诗集《我的忧伤没人知道》《外面有风沙》。

春暖花开

你躺着的地方
没有海

能让一万只鸟儿亮瞎眼的油菜花
给你
一片黄色的海

母亲在我腹中

母亲已经盘踞在我的腹中
这是不可更改的事实

寂静中听见母亲的笑，响彻我的喉咙
它让我恐惧，让我疼痛

我应和着她的笑在平面的镜中
滋养着她的皱纹

她的白发，被我的腹膜提拉到云的高度
以至于我祈求母亲别丢下我

母亲的抱怨，此时
撑痛我脆弱的心胸

我承认我吃了她带血的奶，带血的牙印
证明我一来到这个世上就成为她的仇人

后来我开始吃她的手和脚
吃她的眼泪和勤劳

再后来我吃她的肌肉和骨头
吃她的爱情和宽容

如今她每一寸肌肤都滑进我的腹腔
她的每一块骨头都开始疏松

我吞进多少牛奶和豆浆都弥补不了我的罪过
内视她的表情，充满讨伐和征服

我只好节节败退
用我的坚韧对抗中年，对抗衰败的年轮

母亲在我腹中已是不争的事实
我勇敢地装下她，正如多少年前她勇敢地装下我

听母亲说

我从来没有见过人怎么断气
亲人死了三个
一个也没有送到终
我并不遗憾
只是老是不能忘记母亲说的
她说，外婆最后的日子是她陪的
外婆死的时候她俩睡一床
早晨她才知道外婆死了
说明外婆死得很安静
但是有些生命知道外婆是怎么死的
它们啃外婆啃了一夜
它们是老鼠

无题

我是父亲和母亲
互相挤压的结果
肯定不是那么凑巧的一次性挤压
一定是经过若干次挤压
以至于把骨头
挤压碎了的
那种

以至于我到今天
还痛

乳腺科

候诊室把中午一寸寸吞蚀
阳光舔着我的背
我恹恹欲睡
尼姑们出入诊室

化疗过的女人
气色之好难以置信
我走了进去
坐上她们刚坐过的凳子

男医生用摸过她们的手摸我
像上帝查看我的清白

靠

也是这样潮湿闷热的夏季
我在车上睡着

初醒的那一刻感觉到我的脑袋
倚在了别人的身上

我正了一下身子
不知不觉又睡过去

等我醒过来的时候
发现他的脑袋歪在我的肩头睡着了

我没敢动
只好装睡

夏天

后院很小，正方形
围起的墙不高，她从来不敢从澡盆里站起身子
南方小镇人洗澡很早，没事的三点多
天黑洗澡的，都不算干净人
一天，她无意间拉开木质的转轴后门
立即惊慌地关了起来
第一次一个健硕的男人身子撞进她的眼帘
仅仅是一个后背
那白白的屁股坐在木盆沿上
过了二十年也没有刷去
终于有一天，她在床上接受了一种压迫
一个猛烈的插入带来从未有过的高潮
梦醒时，她无法原谅自己
为什么是父亲

前列腺

像暴雨来临哗啦啦的
是没问题的
像小雨淅淅沥沥下的
是有问题的
像屋檐滴答雨点的
是问题严重的
这是某电视台健康栏目
教给的判断

还有一种判断
我在刊物上看到的
长出寿眉的男人前列腺不好
不敢告诉别人
一怕打击了以为自己长寿的男人
二怕有些人会往人家眉毛上看

她们的房子

子宫全切后
她老公说进去后是空的
之后就不再进去

子宫半切后
她老公努力了
也进不去

他说看见她肚子上的刀疤
蚯蚓一样
就软了

曼谷的乌鸦

这么干净美丽的地方
乌鸦也干净得如同剪碎的黑缎子

绿地上撒一些
花树上撒一些
河面上撒一些
蓝天上撒一些

它们突然飞起
又发出撕缎子的声音

李　伟

1964年生于沈阳，毕业于沈阳鲁迅美术学院和天津美术学院，任教于天津某学院。20世纪80年代末开始写诗，著有诗集《牛仔上衣》《你是叫皮皮吗》。作品发表于《葵》《诗参考》《诗歌EMS》《读诗》《汉诗》等，作品被选入《1991年以来的中国诗歌》《中国口语诗选》《新世纪诗典》《被遗忘的经典诗歌》《中间代诗全编》《中国新诗年鉴》等。获第三届“突围年度诗人奖”，《诗参考》“十年经典诗歌作品奖”。

章子怡漂亮不漂亮

章子怡漂亮不漂亮
有人说她漂亮
有人说她不漂亮
我们办公室的刘萍

就说她不漂亮
但张艺谋说她漂亮
李安说她漂亮
成龙说她漂亮
王家卫说她漂亮
霍英东的孙子说她漂亮
斯皮尔伯格说她漂亮
现在连冯小刚也说她漂亮
那么章子怡到底漂亮不漂亮
我的意见是
章子怡比张艺谋漂亮
比李安漂亮
比成龙漂亮
比王家卫漂亮
比霍英东的孙子漂亮
比斯皮尔伯格漂亮
甚至也比冯小刚漂亮
但没有
我们办公室的刘萍漂亮

查一查这个圣诞老人

查一查这个圣诞老人
究竟是谁派他来的
属于什么组织
目的是什么
有没有前科
家住哪里
一定要仔细查
一个人背那么大的包
还精心化装
绝不只是表面上送糖果那么简单

穿越峡谷

队伍
在峡谷中行进

两边的峭壁
埋伏着另一支队伍

峡谷中的队伍
进入峡谷的最险要处

草叶屏住呼吸
子弹就要跳出

但突然插入的广告
让一切爆发暂停

广告过后
队伍奇迹般穿越了峡谷

音乐与田野

在像音乐一样
好听的田野上

左边这块地里
生长着小提琴

右边那块地里
生长着小号和黑管

前边那块地里
生长着吉他和萨克斯风

而在后边那块地里
甚至还生长着古老的竖琴

只有钢琴
这个巨大又沉重的家伙

必须像一台拖拉机那样
从更远的地方隆重地运来

合唱

他（她）们站成了两排
都把嘴张开
统一形成了O形

但却没有
一丝一毫的声音
从那两排黑洞里发出

他（她）们始终
保持着整齐的姿态
仿佛纪念碑上

一组凝固的雕塑
又像一张合唱团
睡梦中演出的剧照

空镜子

照了照镜子
镜子里是空的

又照了照镜子
镜子里还是空的

把脸贴到镜子上
镜子里依然是空的

他不知如何是好
他和镜子同时慌了

玻璃杯

他微笑着坐在那里
好像在想什么
手里轻轻摆弄
一个空空的玻璃杯

不经意间
他把玻璃杯举起
向左看向右看
像看一只单筒望远镜

看了一会儿
他把玻璃杯放下
静坐片刻
起身结账离去

服务生过来收拾
发现玻璃杯中
有一个假眼球
还有几瓣星星的碎片

质感

他很软弱
因为他是老铁匠的儿子
她很坚强
因为她是面包师的女儿

目光

无论你在花园里做什么
总感觉
某扇窗帘后有一双眼睛
在无声中凝视
直到你在不安中离开

现在，花园里空空荡荡
只有阳光
还有几片树叶
跌落在长条木椅上
但那道神秘的目光还在

像楼群投下的
一大块凝重的阴影
一个小男孩跑了过来
手拿一根木棍
打破了此刻的寂静

突然他停下
像被什么无形的东西刺疼

木棍掉到地上
他不知所措
站在原处东张西望

然后蹑手蹑脚
小心翼翼向花园外走去
逐渐他加快了脚步
随后头也不回
拼命地奔跑起来

我

坚守的我
只剩一个
更多的是
逃走的我

康　蚂

诗人、作家，生于1978年。作品入选《葵》《1991年以来的中国诗歌》《新世纪诗典》《中国口语诗选》《中国诗歌双年巡礼》《世界诗人》《诗歌月刊》《诗歌EMS》等。

我正在看白蛇传

儿子从厕所跑出来
告诉我他刚才
拉出一座塔

秃鹫

八岁那年
我背着受伤的妹妹
穿过原野
赶往县医院

天空飞着一只秃鹫
地上蔓延着
我们的人味

二十岁那年
我被人砍伤
在空旷无人的大街
血流成河

天空飞过一架飞机
听说它的前世
是一只秃鹫的骨骼

盐

亲人紧闭双眼
躺于冰冷的
太平间
泪水
流进我的嘴里
那股子味道
无法形容
三十岁的时候
我恍然大悟
泪水是咸的
冻僵的眼泪也是
咸的
生命总有一天也会
是咸的
咸得让人感觉
苦
我一辈子要做的是
躺在铺满盐的大地上
管住我的嘴
阻止盐的形成

类似梦境

我曾把活蹦乱跳的鱼杀死
类似的经验还有
我曾一脚把青蛙踩死
我曾用放大镜把蚂蚁烤死
我曾把螃蟹在锅里蒸死
我曾把蝴蝶一巴掌击落
我曾用苍蝇拍打死数以万计的苍蝇
类似的梦境还有
我曾被人推下悬崖
我躺在救护车呼啸而过的傍晚
我看到一把斧子冲一头牛流泪
我闭上眼什么都能看到
死不过是黑暗化了浓妆
生不过是光明偶尔尿急

黑暗游戏

我亲眼目睹
五个月的儿子
玩黑暗游戏

他用被子
蒙住眼睛笑

他将被子移开哭
儿子在玩
黑暗游戏
妈妈的子宫
缺一盏灯

海子街

我代表公司
开一个企业年会
宾馆离诗人
海子的大学很近
当晚我梦见了海子
他没有死
在南方的寺院
当和尚
每到他的忌日
他就秘密潜回
安徽省安庆市怀宁县高河镇查湾村的
海子墓前
朗诵他写的《日记》:
“姐姐，今夜我不关心人类……”

吹口琴的叔叔

我有四个远房表叔
小时候他们常带着我放牲口
把牛羊骡马赶到水库边吃草后
一个叔叔钻到水里摸鱼
一个叔叔抽自制的旱烟
一个叔叔躺在树下看武侠小说
还有一个叔叔吹口琴
那首曲子叫《梦见家和母亲》
作者是一个美国人
我最喜欢吹口琴的叔叔
他后来因为失恋住进精神病院

陌生人

身份证上的我
看上去有点问题
双眼红肿
表情悲伤
那是2007年冬天
安葬完父亲后
我到公安局照的
我也觉得照片有问题
每次我用身份证办理业务
工作人员都会
看完身份证后
再认真地看我一眼

冒险家

两位亲爱的
女冒险家
做了变性手术
她们像
两台机器
拆了又装
装了又拆
由男变女
由女变男
完全搞不清楚
她们到底
想干什么
但她们真的
热爱生命
活得潇洒
既没有故人
也没有敌人

电锯杀人狂

电锯碰到石头
发出噔噔的响声
如果碰到人肉
发出的是沉闷的
呜呜的响声
石头用铁石心肠
反抗电锯的摧残
而人肉则任其纵深
必要的时候
就温柔地裹住它
减缓肢解的速度
尸体一分为二
电锯经历一场死亡

魏风华

诗人、小说家、历史作家、编剧，生于1975年，天津人。2001年开始诗歌写作，作品见于《葵》《个》《诗江湖》《人民文学》《中国诗歌双年巡礼》《新世纪诗典》《1991年以来的中国诗歌》等，著有诗集《睦南道的黄昏》、长篇小说《平安夜》及历史畅销书《抗日战争的细节》等。

上铺

躺下后
觉得真舒服
在火车的上铺
伸一下腿
翻个身
听下铺的人
谈论国家大事

或发个短信
看看充满色情的
法制小报
直到熄灯后
才感到
有什么不对
那骤然而生的恐惧
不仅是因为
车厢里升起的
无边的黑暗
更因为
那看不见
但就在眼前的
低压的车顶
让我一下子
喘不上气来

硬石镇

天黑后
我摸进硬石镇
这里的一切都是石头的
街道、房屋、路灯
和居民
走在大街上
我听到他们在屋子里窃窃私语
(牙齿碰起来像石头一样)
连做爱
也发出石头的撞击声
遇到一个女孩我就拉住她
我保证她不会受到伤害因为她有一颗石头心
我不能保证她不会哭泣她的眼泪
是石头的

十三楼

超过十二层的酒店
都没有十三楼
这是西方人的规矩
就像我住的这家
十二楼上面，就是十四楼
每天在电梯里
我都想象着十三楼的样子
直到昨天晚上
过了十二楼
我走出电梯
走廊里空空荡荡
推开客房的门
也都空空荡荡
整洁如初
我在每张床上都躺一会儿
我知道电梯不会再为我停留
我会被留在十三楼
借此度过一生

索尔仁尼琴

你是你自己的群岛
被长长的火车接回

“只要还能在雨后的苹果树下呼吸
就还可以生活。”
轮椅上你有辽阔的疆域

而站在你面前的领袖是多么渺小
他只是把应有的荣誉还给你
索尔仁尼琴

我想起来了：多年前的一个傍晚
我们曾见过
在一家小书店

隔着雕塑般的你
我走到纳博科夫面前——

你是邦妮

把丝袜套在头上
就是劫匪
你把丝袜穿在腿上
便是我的爱人
悠闲地走在大街上
我不能拉着你的手
一路狂奔
钞票在头顶飞舞
天空也慢慢变红
我们喜悦
我们绝望
像邦妮和克莱德一样

鱼头

只有醉了的时候
才是最清醒的时候
所以我注意到它
独自躺在盘子里

身上的肉
已经被吃完
留下一根洁白的骨刺
挑起那重重的

丑陋而又痛苦的头
在即将散去的宴会上
张着大嘴

像是告别，或者在笑
又仿佛
没有一句话要说

拜占庭落日

广场上的落日
映照1453年的教堂
空旷的穹顶
裹走最后的霞光
如果是文明，那就毁灭吧
地平线的尽头
金黄色的野兽撕咬着出现

双城记

这一年
在天津和北京间辗转
从一座雾霾的城市，来到另一座雾霾的城市
有一次冰雹砸坏了电路，高铁停在半道上，如果下了车
到底该往哪个方向走
这一年开始编别人的故事
也就更懒得说话，沉默让两座城市间的铁轨
长出了几公分

白色老虎

如果不是去人民公园
还真不知道，那里有两头白色的老虎
在这十多年的时光里
它们就漫步在这城市一隅
卧在我睡梦之侧

马知遥

70后诗人、评论家。山东大学文学博士，天津大学建筑学博士后。天津大学国际教育学院教授，建筑学院博士生导师。主要研究领域为民俗学、文化遗产保护前沿理论、当代艺术批评。社会兼职：中国文艺评论家协会理事、中国民族学会东北亚民族文化研究会常务理事等。业余从事诗歌、散文、小说创作。作品见于《人民文学》《青年文学》《散文海外版》《人大复印资料文萃》《杂文选刊》等，论文发表一百五十余篇。学术专著及文学作品二十部。

一生

我看见的那些羊群
在城郊的马路上
车流掀起的灰土里

呆头呆脑
慌慌张张

我看见的那些羊群
在村庄的泥泞里
青草干枯的地方
犹豫再三
肚子饿得叫唤

我看见的那群羊
默默地走向屠宰场
间或地叫一声
那是在告别

像一个离家远行的打工者
像一个风雪天去摆地摊的人
像一个凑钱要给孩子看病的父亲
他们都是高兴地打着招呼
有可能再也回不来

还魂歌

落了魄的可以喊回来
失了势的可以转过来

你夺了我的纯洁
抢了我的时光
消磨了我大好青春华年

我却只能低眉袖手
只能心甘情愿
只能把个奴才的嘴脸
代代相传

融化

我站在树下面
看一个孩子吃雪糕

雪糕在融化
从上往下

孩子没有吃或者忘了吃

他在看蚂蚁一队队来了
到他的脚下就不动了

他也不动等一滴一滴地融化

那是清凉的夏天午后
我看着孩子孩子看着蚂蚁
蚂蚁看着雪糕

我们很快乐

病

母亲急病
高烧不退
我给她量体温
给她喂药

我一直不能忘记
当我走近她
她捂住嘴和鼻子
小声说　快走开
别传染你

小时候
我们高烧时
就在母亲的怀里
听她小声说
孩子　妈妈和你在一起

暴力

在梦里我杀了人
我甚至将杀人的委屈
用闪亮的巴掌
一下一下地打下去
沾满眼泪和号叫的巴掌
打下去
我清晰地看见
我在打我的母亲

房子

他们取出最后的积蓄
借走父母养老的钱
甚至要和同事张口

为了一处学区房
让腹中的孩子
生下来就成为重点

老人

在养老院
每到年三十
儿女们纷纷接走父母

没有接走的
是因为儿女都在国外
或者不知道去了哪里

王老太太一直难为情地对我说
我儿子也是大学教授
他家住得太高
我爬不动

邢　非

生于1963年，天津人。2005年开始现代诗写作，并逐步确立自己的诗歌理念。追求简约、含蓄和意味，注重写实和口语表述。作品多见于民刊，著有诗集《气泡》。

收废品的男孩

只有十六岁
健壮的手熟练地把我的废报纸放进口袋
我问他是哪里人
他说了个地名，我不可能知道
他看我疑惑，站直身板大声说
大头娃！奶粉！不知道吗?
我恍然大悟，那个著名的地方啊
他呵呵笑了
露出一口洁白的牙齿

气泡

这个不知从哪儿来的女人
头发散开
往湖里走
水漫到腰，又折回来
冲我喊："快滚！滚回家去
这有鬼，咬死你。"
我吓得躲到树后
过一会儿，探出头
水面上一个大大的气泡
那年，我七岁
从此记住
每一个气泡下面
都有一个美丽的生命

处境

炸弹
堕地的声音
从西方
沿着
还没长庄稼的
田野
传过来
城市
轻轻地晃动
轻轻地
无人察觉
除非
熬夜的
婴儿

信徒

公交车上
我给他让座
他连说感谢上帝
仰起头微笑着打量我
看你精气神多好啊
感谢上帝
我只好俯下身
在他耳边悄悄说
上帝也感谢你

禅定

从天际落下一记耳光
或从附近的建筑物上
落下一段钢筋
有什么不同

身边行人如梭
暖风如熏击中我的那一刻
万物寂静
了无踪迹

过大悲院

从庙前经过
听到钟声
响了三下
也许两下
也许一下
也许一下没响
在空有之间
我从无成见

心

这是二十年来最冷的冬季
激活了太多童年的记忆
于是，一阵儿快乐
一阵儿忧伤
一阵儿又快乐又忧伤
据说，控制情绪的按钮是心
我的心里新旧杂货
品种繁多
而且货源不断
当然，迟早有一天
我真的老了
我也会清仓处理，洗手不干
那时候，里面就空荡荡
空荡荡的
你可以透过残破的窗户往里看看
是不是寂静了

生活的高度

我厨艺不错
研究各路美食
但没有哪一种食物是我迷恋的
一辈子和书打交道
有机缘读了不少
但从不把一本书读完
平生最鄙视
被一种毒毒死的人

病房

一天一本
咬牙读完了十二本
侦探小说

怀揣着
十三个悲剧的
真相
我从医院出来

到处挤满了愁苦的人
从四面八方奔来
新建的两幢病房大楼
还在扩建

人们真的愿意知道
真相吗
作为罪犯
根本不需要太聪明

庞琼珍

四川南充人，现居天津市滨海新区。作品入选《1991年以来的中国诗歌》《新世纪诗典》《葵》《诗刊》《中国诗人》《天津诗人》《山东文学》《天津文学》《青海湖》《江南日报》等，著有《庞琼珍短诗选》。

诗

它长着尖牙
我读一句
它咬一下

当我写它
我咬下的
是自己的
断齿

去慈善协会捐款

路过一个流浪汉
一对乞丐
我拐了个弯

拿下

一个月
拿下律师证

两个月
拿下注册安全工程师证

三个月
拿下心理咨询师证

十年
拿下结婚证

五十年
拿不下一首诗

一辈子
被一首诗拿下

安达曼海边，大年初二

我从海鸥的叫声中醒来
希望能找到几句诗
希望能有那样的一个瞬间
我对万事万物与我的联系
恍然大悟

蘑菇云的尾巴扫过屋顶（节选）

1.最后的庄严

殡仪馆里
愤怒的家属
砸烂了遗骸上那颗
大头娃娃的
假头

2.在安徽　说起皖籍消防员

三十六岁分居八年
刚在滨海新区安家
女儿等着入学

而他一直失联

5.消防日在爆炸点壕沟的恶臭里

天空和大地宽恕了罪恶
在一棵失去树冠的树下
我们低下了头

6.爆炸点车场的看夜工人

精细的航拍照片
六千辆汽车残骸
他的遗骸看不见

8.妻子来见他最后一面

遗容师根据照片
做了一张假脸
放在脸的位置上

11. 噼噼啵啵的火星像他在路上跑丢的鞋子

冷雨废墟
七七在爆炸点遗址的
泥泞里
我们为一个叫“然”的孩子
燃起火焰

也许这里的结束——
是那里的开始
或许
也许

12. 火焰的尽头还是火焰吗

儿子在相片上笑着
父亲不相信
阳光下淌着汗水的脸
会长出尸斑

第三辑 / 我决定爱冰岛

毓　梓

天津人，85后诗人、画家。诗歌作品散见于《新世纪诗典》及全国各大报刊。另有绘画作品被藏家收藏。

皈依之后

我很可耻地在某个午后，或是
某个无人的夜晚想到爱情
依旧想到爱情
这是可耻的，我将引以为耻
在雨水四溅的瞬间，我擦拭
自己的脸，发觉不是莲花质地
突然间，我原谅了自己
在一个月朗风清的夏夜
在荷花池边，我原谅了自己
想着所有女人该想的一切

梦境

母亲穿着少女时代的百褶裙
解开头发上的蓝手绢
挥舞着，沿着河岸奔跑
我跟在父亲身后
他刚刚结束演出
还没来得及卸妆
穿着他的涤纶衬衣
在母亲对岸，奔跑
呼喊着母亲的名字
我紧紧地跟在后面
焦急，却逐渐变成了透明人
两岸树叶黄了，眨眼间
又变绿，一条河
可怎么也找不到桥
河水泛着金色
粼粼地晃动

剧

姥姥寡居了
带着妈妈
回娘家

妈妈寡居了
带着我
回姥姥家

幽暗的浴室
妈妈坐着
给姥姥擦腿
我跪着
给妈妈擦背

我要做绝缘体
停止重复的
悲剧

蝴蝶兰

我父亲
他来了，在离开了我
那么多年之后
突然出现
在我睡梦中
百饮楼的老家

那个家很早就荒凉了
他站在门口
就显得更加荒凉

我心里吹起了一阵
柔软的风
他于是问我
“见了那么多男孩就没有一个中意的？”
我说“是啊
爱情……
它死了。”

“我也死了

这不是
又回来了吗？”
他用手理着我的刘海儿
空气中瞬间
绽开了
一片透明的蝴蝶兰

桃树

我的身体
它有了变化
胸下坠成快要掉落的桃子
那片粉红越染越大
这虽然是我少女时期每日期待的
可这一切来得太快了
我吃的药很多
近些年，越来越多
一棵老树是多么需要肥料
但又要严防
根
被烧死

风过来年发芽
我
不可嫁接

吞

她拿着一块金子
放入口中
须得迟疑半刻
自此，她将独自消化
除金子以外的所有芳华
农历三月
梧桐正香
窗外更兼细雨
她须得在窗前迟疑半刻
再吞下那一块
命定的金子
中国女子一切都小
食道更小
她梗直了脖子
咽了
又咽

月色有点爱玲

空气冷呵
直冷进民国乞丐的袍子里
我从时代的补丁里看过去
满眼残骸

落叶自称情人
月色有点爱玲
牛肉汤加些咖喱
仿佛更有亲人
在时的味道

满街银白散落
爱人为了白银四处漂泊
早已
没有了书信

鸦雀无声

不能忍受这样的寂静
楼上的座钟在呻吟
不知谁还在深夜小区门前
大喊着爱人的名字
四周传来了古老的蚊香味儿
这不该是四月的日用
哦……我仿佛刚刚去到了童年
那一年的今天你入殓
此后乌鸦和喜鹊在我的生命之林里
匆匆死去……

阿　文

原名赵文财，生于1972年，黑龙江人，现在天津以打工为生。最荣幸的是被诗人们称为诗人，最骄傲的是成为“新世纪诗典”诗人、“葵”同人。有诗作发表在《新世纪诗典》《葵》《中国口语诗选》等。

等女儿归来

电脑桌面上
停靠着一辆破旧的自行车
我用手纸擦了擦车子
顺手也擦了擦车旁的小路

工厂卫生间

卫生纸卷筒的下方
画着一条红线
上面写着：一米长

一米有多长
是从手到嘴巴上坡的长度
还是从嘴巴到屁股下坡的距离

一米长已足够
捆绑住了双手
覆盖嘴巴的方圆

一米以下
我们苍白的疲惫
爬不回身体的卷筒

负罪

替工友们写检讨书
这似乎成了我第二职业
我边写他边叮嘱
多用些好词硬句美言壮语
好像只有这样
才能缓解他们惶惶不可终日的心

他们在大庭广众下有声有色地念着
而我站在人群前沉着头
倒像是犯了什么不可饶恕的错误
宣读我的罪状
接受最后判决

纸枪

没写字的纸撕下来叠了枪
新发的书把书皮扯下来叠了枪
学到第三课时第一课的书页就没了
一把把纸枪就这么诞生
却又那么消亡
拆卸下的纸枪
一部分被父母卷烟抽掉了
另一部分做了我和父亲的揩腚纸

没事叠给小孩子们玩
他们新奇的样子让我兴奋不已
可一旦握住了枪
他们就有不同刚才的神情
我教他们要把枪别在后腰
他们费了好大劲拔出
却执拗如当年的我们
把枪别在了前腰间

谎言

二十多年未见的
中学时的好友
想方设法找我
并保持电话联系
每次我都会说
和诗人在吃饭
与诗人在聊天
陪诗人在医院
与诗人在外地的外地
等等，来结束
无话可谈的谈话
每次都心有愧疚
时间一长
他们便不再电话于我
偶尔打来电话
先问：和诗人在一起吗
我抬头看看妻子
“和诗人刚刚回家”

兑换

一袋两百余枚
一分、二分、五分钱的硬币
是我在十二年前的夏天
一个平房门前的黄昏里
从一个老汉手里
是以铝价
六元一斤的人民币
用秤称来的
我们一手交钱
一手交币
彼此都很愉快
谁会想到
在两个贫困的人民之间
竟率先完成了
人民币兑换人民币
之后
我们又在粮店
见过一面

别走我家的路

这是儿时玩伴
在经过他家门前
阻拦我时
赌气说的一句话
拗不过他
只好偷偷地
走他家屋后的路

去年，他从未竣工的十一楼掉下
摔死了
几乎每晚都能梦见他
面对我
别走我家的路
梦中没有房屋
只好悄悄绕到
他的背后

道路泥泞
像被摔烂的身体

一只蚂蚁的身高

从脚面出发
到达足三里
只需十秒
上行至足五里
还需二十秒左右
以此推进
一分钟后
足以到达头顶
有人问过我的身高
我告诉他
有一分钟的高度
他连连摇头
六十秒，他略显明白
就是说一只蚂蚁
仅需六十步
便可抵达一个人的峰顶
当一只黄蚂蚁
踩着你的脸
与你对视
该有着怎样的表情

想到这，就在这
胸口之处
将一只向上攀爬的蚂蚁
迎面推了下去

王立君

生于1974年，天津人。私企会计，喜欢诗歌，以写诗为乐。

一匹布有多长

西周797.25厘米
汉朝915.58厘米
唐朝1245.12厘米
太阳斜着照下来
马就那么站着

相安无事

因为街道找上门来
说她妈把捡来的破烂
堆在楼道里
阿梅和她妈
吵了起来
她妈
打她一个耳光
阿梅反手
还给她妈
她说
她妈得寸进尺
要是不这样
下次还会打她

生活

一大袋子土豆
一大袋子洋葱
和另外一大袋子菜
码在小摩托的脚踏板上
小伙子退到后座
抱着这堆菜开车
像抱着最亲爱的人

高中生物老师的标本室

她领着我们
打开办公室里头
那道锁着的门
我们三个女生
第一次看到
从子宫里
切下的胎儿

它们
像夏天雨后
偶然横穿小路的
蚯蚓
被提出来
安放在
充满溶液的
玻璃瓶里

若干年后
当我在医院
排队接受手术

多像替玻璃瓶里的孩子们
排着队
或者更糟

王彦明

生于1981年，天津武清人，毕业于陕西师范大学中文系。教书、写作，天津市作家协会会员。诗歌入选《现代汉诗三十年》《2004—2005中国新诗年鉴》《2006中国诗歌精选》《漂泊的一代：中国80后诗歌》等。著有诗集《我看见了火焰》。主编《诗歌观察》《天津青年诗选·2011》。

杀驴

在乡下，一头驴
绝对要顶上一个好劳力
套车、犁地、拉磨都少不得
从平地到小坡
从旱地豁出一条口子
从起点到起点
周而复始可是一头驴总是要老的

总是要没有力气的
它也会有走不动的时候
过河拆桥、卸磨杀驴
不可避免。一头驴再倔
也倔不过屠夫的刀子
即使躲过刀子
屠夫还会换上重锤
从背后直敲天灵盖
在即将瘫倒的刹那
会有刀子划向喉咙

关于他

“他习惯于走夜路，一个人
安安静静的，没有太多想法。”
“他总是沉默，很少言语。
即使说话，也是自言自语。”
“他一直是个好听众，从不打断
别人的发言。而且写一手漂亮的笔记。”
“他似乎喜欢别人的安排，连坟地
都是组织安排的。哦，他无儿无女。”
“他一生都是那么规规矩矩的一个人。
他在墓志铭里这么写着。”

苦于

苦于算计，苦于躲避
苦于羡慕，苦于妒忌
苦于爱，苦于付出太多也日渐无力
苦于恨，苦于咬紧牙关还是终于失去
苦于无奈，苦于变态
苦于抽刀断水水更流，苦于举杯消愁愁更愁
苦于把理想变为火花，苦于把火花形成燎原之势
苦于急火攻心心急火燎，苦于口舌生疮而辗转难眠
苦于面具太厚，苦于意义太多
苦于发言无力，苦于无人注视
苦于广告不可躲避，苦于疗效不可期遇
苦于点燃，还要熄灭
苦于寻求安生，还要下网捕鱼
苦于苦于……
这个秋天
黄连吃尽，清心去火

封　原

生于1982年，天津人，毕业于天津商学院国贸系。2001年开始写诗，诗歌作品见于《新世纪诗典》《被遗忘的经典诗歌》《葵》《诗刊》《诗选刊》《诗歌月刊》。2011年创立封原文化。他是80后作者中在高中时即已写出代表作的诗人，诗风富于奇想。

破胆
——献给我的家人

把食指放进电门里
我五岁的灵魂
被烧焦
只是现在
我已经闻不见
那股刺鼻的气味

多年以来
墙上那两个黑洞洞的插槽
一直盯着我
它们仍在怀念
童男肉体的味道

我的女友吞下一颗摇头丸

我目击
我的女友
吞下摇头丸的样子
像吃一粒糖果

她说她又可以见到死去的父亲

我干过比这更危险的
那些日子里
我们躺在她家的床上
房间高大　噪声来自窗外

她摇头　流泪
然后笑
她说：父亲来了
带来了这么多的糖果

雨夜

她是母亲幼时的玩伴
社会的每次变革
她都刚巧赶上
兵团知青
下岗女工
早点摊老板娘
每次身份转换
而不变的是贫困

母亲提起她
都会伴随一声哀叹
而我对她最深的印象
是宠辱不惊的笑容

她一生未婚
去年死于癌症
母亲托人捎去了一些钱
那是个下雨的夜里
母亲告诉我
她的初恋
是我的父亲

李　想

生于1976年，现居天津。诗歌入选《1991年以来的中国诗歌》《葵》，自选集《站在时间的芒上》。参加“葵之怒放诗歌节”，供职于天津电台。

分娩

坚信自己能生下你
尽管那一年已三十四岁
我期待着那疼中之疼
据说相当于二十根肋骨同时断掉

不需要喊叫
只有全神贯注
我能感到你在我身体里一起努力
此时婴儿会促使母体分泌一种物质

类似止痛剂

医生说：最后一下了
我心里想这就结束了冲出的羊水
惊天动地的啼哭
你和我合力完成的一次诞生
疼痛后就是愈合
有多少伤口
从外部划开
比分娩更疼

白发

白发渐多
又不够多
平生唯一一次染发
在二十一岁时
将头发染成白色

染白发要一层一层地漂白
将头发伤到底
最后还是奇怪的偏黄色
现在才知道
长出的白发色泽黯淡
每一根都包裹着苍老

只能耐心等待
满头白发的那一天
就像被践踏的初雪
重新变白

雪橇犬从没拉过雪橇

一只西伯利亚雪橇犬
在南方舒适的庭院里
来回奔跑
突然像中了一枪
轰然倒下

主人说
它只是累了
耗尽气力之前
看不出一丝疲惫

相守

冬天的十字街头
女人躺在铺开的棉被上
男人守在旁边
他们没有乞讨
路人纷纷侧目中
男人帮女人系上防寒服的拉链

岳　兵

生于1968年，天津人。出版有诗集《问你问你》，作品先后入选《新世纪诗典》《葵》等。

慈善

把废弃的报纸、青岛啤酒易拉罐
纸箱、矿泉水瓶、官员诗集
定期送到楼下垃圾箱
躲在窗帘后面看捡废品的老女人
露出欣慰的表情

我决定爱冰岛

一些人说
爱上一个人就去西藏
一些人说
不爱一个人就去西藏
还有一些人
张嘴闭嘴把西藏挂在嘴边上
其实
我也喜欢西藏
只是喜欢的人太多了
我警惕一切
与人多有关的东西
我于是在地图上
搜索一个同样
荒无人烟
空气稀薄的地方
叫冰岛
我决定爱冰岛

马菊芳

笔名萤雪，1976年生于天津农村。2012年正式开始诗歌创作，在《天津日报》《新大陆》等刊物上发表作品，获第二届“精卫杯”天津诗歌节优秀奖等；入选多本文集。著有诗集《诗的河流繁衍生息》。

铡草

最怕干的活计是跟父亲铡草
总担心铡刀会玩鳄鱼旋转
咬到父亲粗大的关节

脚趾抠住地
瞪大眼，踮起脚跟，用力——
咔，铡刀又向右侧偏去

把这个署名张师傅的号码删除了

听说他倒于路旁
却不是车祸
听说他死于医院
却不是疾病
听说就是打牌
就是与人发生口角
被人推了一下
脑袋磕在石头上

他的出租车还在楼下
车窗上满是落叶

王向峰

1957年生于天津。1978年与友人创办同人文学刊物《新觉悟》，先后在《诗刊》《天津文学》《诗人报》《星星》《葵》等发表诗作。著有诗集《死港与天界》《王向峰诗钞》《三叶虫》（合集），水墨画集《旁观》，并从事泥塑和铜雕创作。

祭曹操

孟德先生
这样叫你
因为你是个英雄
我不是，我们不是
如今打着打笼也找不到
你的同类

曹大爷

这样叫你
因为你偏头痛
我也偏头痛
你喝华佗的汤药
我只好挨着
人类的半边脸已无药可医

曹丞相
这样叫你
因为你“东临碣石，以观沧海”
吟出过“对酒当歌，人生几何？”
你是在马背上、营寨里写诗
我们只是饭后茶余在纸上
谄些无关紧要的废话

曹操老叟
这样叫你
因为你死了将近两千年
不能再从床上翻下来
一刀把我砍了
如果可能我想和你论论道
看看自己的血是不是红的
我们这些人的血

还是不是红的

曹操行者
怎么喊你也听不见
假如你当初归隐山林
剃度为僧
我也一定去找你
放下一切去找你
哪怕云海茫茫
我心里明白
你已参破尘缘
立地成佛了

刘大木

原名刘辉，1982年生于湖北应城，现居天津，大学中文本科毕业。2002年开始发表作品，出版长篇小说两部，文集《尘埃的独白》、评论集《新说水浒人物》等数部，校译《瓦尔登湖》，论文若干。

斗方禅寺

一

准备磕头
师父走过来问
点蜡烛吗　我看看他
看看观音
案上的蜡烛
一动不动

二

想挂单
朋友带我见住持
鸟雀唱得欢
住持下山了
手机打不通

三

小僧带我到客堂
第一间客房苍蝇乱飞
第二间落叶满地
第三间门口张开蛛网
小僧满脸笑眯眯慢慢挑　随便住

四

青苔沿着台阶
爬到墙上
爬到屋檐
爬到佛祖背上

图书在版编目（CIP）数据

中国先锋诗歌地图. 天津卷 / 君儿主编. -- 成都：四川文艺出版社, 2017.8
ISBN 978-7-5411-4677-0

Ⅰ. ①中… Ⅱ. ①君… Ⅲ. ①诗集－中国－当代 Ⅳ. ①I227

中国版本图书馆CIP数据核字（2017）第120155号

ZHONGGUO XIANFENG SHIGE DITU TIANJINJUAN

中国先锋诗歌地图 · 天津卷

君儿　主编

策划出品　磨铁图书
责任编辑　张亮亮　奉学勤
特约监制　里　所
特约编辑　胡瑞婷
装帧设计　韩　冰

出版发行　四川文艺出版社（成都市槐树街2号）
网　　址　www.scwys.com
电　　话　028-86259287（发行部）　028-86259303（编辑部）
传　　真　028-86259306

邮购地址　成都市槐树街2号四川文艺出版社邮购部　610031
印　　刷　河北鹏润印刷有限公司
成品尺寸　135mm × 210mm　1/32
印　　张　6.5　　字　　数　130千
版　　次　2017年8月第一版　　印　　次　2017年8月第一次印刷
书　　号　ISBN 978-7-5411-4677-0
定　　价　42.00元

中国先锋诗歌地图书系

第一批出版书目

北京卷·陕西卷·天津卷·广东卷·广西卷

磨铁读诗会